그날이 오면

한국대표
명시선
100

심훈

그날이 오면

시인생각

■ 머리말

나는 쓰기를 위해서 시를 써본 적이 없습니다. 더구나 시인이 되려는 생각도 해보지 아니하였습니다. 다만 닫다가 미칠 듯이 파도치는 정열에 마음이 부다끼면 죄수가 손톱 끝으로 감방의 벽을 긁어 낙서하듯 한 것이 그럭저럭 근 백수百首나 되기에 한 곳에 묶어보다가 이 보잘것없는 시가집이 이루어진 것입니다.

시가에 관한 이론이나 예투例套의 겸사謙辭는 늘어놓지 않습니다마는 막상 책상머리에 어중이떠중이 모인 것들을 쓰다듬어 보자니 이목이 반듯한 놈은 거의 한 수도 없었습니다. 그러나 병신자식이기 때문에 차마 버리기 어렵고 솔직한 내 마음의 결정結晶인지라 지구知舊에게 하소연이나 해 보고 싶은 서글픈 충동으로 누더기를 기워서 조각보를 만들어 본 것입니다.

삼십이면 선(立)다는데 나는 아직 배밀이도 하지 못합니다. 부질없는 번뇌로 마음의 방황으로 머리 둘 곳을 모르다가 고개를 쳐드니 어느덧 내 몸이 삼십의 마루터기 위에 섰습니다. 걸어온 길바닥에 발자국 하나도 남기지 못한 채 나이만 들었으니 하염없게 생명이 좀썰린 생각을 할 때마다 몸서리를 치는 자아를 발견합니다. 그러나 앞으로 제법 걸음발을 타게 되기까지의 내 정감의 파동은 이따위 변변하지 못한 기록으로 나타나지는 않으리라고 스스로 믿고 기다립니다.

1932년 9월 가배절嘉俳節 이튿날

당진 향제鄕第에서 심 훈

■ 차 례 — 그날이 오면

2

3

4

1

그날이 오면

그날이 오면 그날이 오면은
삼각산이 일어나 더덩실 춤이라도 추고
한강 물이 뒤집혀 용솟음칠 그날이
이 목숨이 끊기기 전에 와 주기만 할 양이면
나는 밤하늘에 날으는 까마귀와 같이
종로의 인경人磬을 머리로 들이받아 울리오리다.
두개골은 깨어져 산산조각이 나도
기뻐서 죽사오매 오히려 무슨 한이 남으오리까.

그날이 와서 오오 그날이 와서
육조六曹 앞 넓은 길을 울며 뛰며 뒹굴어도
그래도 넘치는 기쁨에 가슴이 미어질 듯하거든
드는 칼로 이 몸의 가죽이라도 벗겨서
커다란 북을 만들어 들쳐 메고는
여러분의 행렬에 앞장을 서오리다.
우렁찬 그 소리를 한 번이라도 듣기만 하면
그 자리에 거꾸러져도 눈을 감겠소이다.

만가輓歌

궂은 비 줄줄이 내리는 황혼의 거리를
우리들은 동지의 관을 메고 나간다.
만장輓章도 명정銘旌도 세우지 못하고
수의조차 못 입힌 시체를 어깨에 얹고
엊그제 떠메어 내오던 옥문獄門을 지나
철벅철벅 말없이 무학재를 넘는다.

비는 퍼붓듯 쏟아지고 날은 더욱 저물어
가등街燈은 귀화鬼火같이 껌벅이는데
동지들은 옷을 벗어 관 위에 덮는다.
평생을 헐벗던 알몸이 추울 성 싶어
얇다란 널조각에 비가 새들지나 않을까 하여
단거리 옷을 벗어 겹겹이 덮어 준다.

— 이하 6행 약 —

동지들은 여전히 입술을 깨물고
고개를 숙인 채 저벅저벅 걸어간다.
친척도 애인도 따르는 이 없어도
저승길까지 지긋지긋 미행이 붙어서

조가弔歌도 부르지 못하는 산송장들은
관을 메고 철벅철벅 무학재를 넘는다.

밤

밤 깊은 밤
바람이 뒤설레며
문풍지가 운다.
방 텅 비인 방 안에는
등잔불의 기름 조는 소리뿐……

쥐가 천장을 모조리 써는데
어둠은 아직도 창밖을 지키고,
내 마음은 무거운 근심에 짓눌려
깊이 모를 연못 속에서 자맥질한다.

아아, 기나긴 겨울밤에
가늘게 떨며 흐느끼는
고달픈 영혼의 울음소리……
별 없는 하늘 밑에 들어 줄 사람 없구나!

짝 잃은 기러기

짝 잃은 기러기 새벽하늘에
외마디 소리 이끌며 별 밭을 가耕네.
단 한잠도 못 맺은 기나긴 겨울밤을
기러기 홀로 나 홀로 잠든 천지에 울며 헤매네.

허구헌날 밤이면 밤을
마음속으로 파고만 드는 그의 그림자.
덩이피에 벌룽거리는 사나이의 염통이
조그만 소녀의 손에 사로잡히고 말았네.

풀밭에 누워서

가을날 풀밭에 누워서
우러러보는 조선의 하늘은
어쩌면 저다지도 맑고 푸르고 높을까요?
닦아 논 거울인들 저보다 더 깨끗하오리까.

바라면 바라다볼수록
천리만리 생각이 아득하여
구름장을 타고 같이 떠도는 내 마음은,
애달픈 심란스럽기 비길 데 없소이다.

오늘도 만주滿州벌에서는 몇 천명이나 우리 동포가
놈들에게 쫓겨나 모진 악형惡刑까지 당하고
몇십 명씩 묶여서 총을 맞고 거꾸러졌다는 소식!

거짓말이외다, 아무리 생각하여도 거짓말 같사외다.
고국의 하늘은 저다지도 맑고 푸르고 무심하거늘
같은 하늘 밑에서 그런 비극이 있었을 것 같지는 않소이다.

언땅에서 고생하는 사람들은 상팔자지요.
철창 속에서라도 이 맑은 공기를 호흡하고

이 명랑한 햇발을 쬐어 볼 수나 있지 않습니까?

논두렁 버티고 선 허사비처럼
찢어진 옷 걸치고 남의 농사에 손톱 발톱 달리다가
풍년 든 벌판에서 총을 맞고 그 흙에 피를 흘리다니……

미쳐날듯이 심란한 마음 걷잡을 길 없어서
다시금 우러르니 높고 맑고 새파란 가을 하늘이외다.
분한 생각 내뿜으면 저 하늘이 새빨갛게 물이 들 듯하외다.

봄의 서곡

동무여,
봄의 서곡을 아뢰라.
심금心琴엔 먼지 앉고 줄은 낡았으나마
그 줄이 가닥가닥 끊어지도록
새 봄의 해조諧調를 뜯으라!

그대의 가슴이 찢어질 듯 아픈 줄이야 말 아니 한들 어느 누가 모르랴
그러나 그 아픔은 묵은 설움이
엉기어 붙은 영혼의 동통疼痛이 아니요
입술을 깨물며 새로운 우리의 봄을
빚어내려는 창조의 고통이다.

진달래 동산에 새 소리 들리거든
너도나도 즐거이 노래 부르자
범나비 쌍쌍이 날아들거든
우리도 덩달아 어깨춤 추자
밤낮으로 탄식만 한다고 우리 봄은 저절로 굴러들지 않으리니—
그대와 나, 개미 떼처럼

한데 뭉쳐 꾸준하게 부지런하게
땀을 흘리며 폐허를 지키고
또 굽히지 말고 싸우며 나가자.
우리의 역사는 눈물에 미끄러져
뒷걸음치지 않으리니—

동무여,
봄의 서곡을 아뢰라
심금엔 먼지 앉고 줄은 낡았으나마
그 줄이 가닥가닥 끊어지도록
닥쳐올 새 봄의 해조를 뜯으라.

고독

진종일 앓아누워 다녀간 것들 손꼽아 보자니
창살을 걸어간 햇발과 마당에 강아지 한 마리
두 손길 펴서 가슴에 얹은 채 임종 때를 생각해 보다.

그림자하고 단둘이서만 지내는 살림이어늘
천장이 울리도록 그의 이름은 왜 불렀는고
쥐라도 들었을세라 혼자서 얼굴 붉히네.

밤 깊어 첩첩이 닫힌 덧문 밖에 그 무엇이 뒤설레는고
미닫이 열어젖히자 굴러드느니 낙엽 한 잎새
머리맡에 어루만져 재우나 바시락거리며 잠은 안 자네.

값없는 눈물 흘리지 말자고 몇 번이나 맹세했던고
울음을 씹어서 웃음으로 삼키기도 한 버릇 되었으련만
밤중이면 이불 속에서 그 울음을 깨물어 죽이네.

피리

내가 부는 피리 소리 곡조는 몰라도

그 사람이 그리워 마디마디 꺾이네

길고 가늘게 불러도 불러도 대답 없어서—

봄 저녁의 별들만 눈물에 젖네.

영춘삼수迎春三首

책상 위에 꺾어다 꽂은 복숭아꽃
잎잎이 시들어선 향기 없이 떨어지니
네 열매는 어느 곳에 맺으려는고.

개천 바닥을 뚫고서 언덕 위로
파릇파릇 피어오르는 풀 잎새
망아지나 되어지고 송아지나 되어지고.

창경원 벚꽃 구경을
휩쓸려 들어갔다가 등을 밀려 나오니
가등 밑에 기다란 내 그림자여!

2

잘 있거라 나의 서울이여

오오 잘 있거라! 저주받은 도시여,
'폼페이'같이 폭삭 파묻히지도 못하고,
지진 때 동경처럼 활활 타 보지도 못하는
꺼풀만 남은 도시여, 나의 서울이여!

성벽은 토막이 나고 문루는 헐려
'해태'조차 주인 잃은 궁전을 지키지 못하며
반 천년이나 네 품속에 자라난 백성들은
산으로 기어오르고 두더지처럼 토막土幕 속을 파고들거니
이제 젊은 사람까지 등을 밀려 너를 버리고 가는구나?

남산아 잘 있거라, 한강아 너도 잘 있거라
너희만은 옛 모양을 길이길이 지켜다오!
그러나 이 길이 영원히 돌아오지 못하는 길이겠느냐
내 눈물이 마지막 너를 조상弔喪하는 눈물이겠느냐
오오 빈사瀕死의 도시, 나의 서울이여!

현해탄玄海灘

달밤에 현해탄을 건너며
갑판 위에서 바다를 내려다보니
몇 해 전 이 바다 어복魚腹에 생목숨을 던진
청춘 남녀의 얼굴이 환등幻燈같이 떠오른다.
값비싼 오뇌에 백랍같이 창백한 '인텔리'의 얼굴
허영에 찌들은 여류 예술가의 풀어헤친 머리털,
서로 얼싸안고 물 위에서 소용돌이를 한다.

바다 위에 바람이 일고 물결은 거칠어진다.
우국지사의 한숨은 저 바람에 몇 번이나 스치고
그들의 불타는 가슴 속에서 졸아 붙는 눈물은
몇 번이나 비에 섞여 이 바다 위에 뿌렸던가
그동안에 얼마나 수많은 물 건너 사람들은
'인생도처유청산人生到處有靑山'을 부르며 새 땅으로 건너 왔던가

갑판 위에 섰자니 시름이 겨워
선실로 내려가니 '만열도항漫熱渡航'의 백의군白衣群이다.
발가락을 억지로 째어 다비를 꾀고
상투 자른 자리에 벙거지를 뒤집어쓴 꼴

먹다가 버린 '벤또' 밥을 엉금엉금 기어 다니며
강아지처럼 핥아 먹는 어린것들!

동포의 꼴을 똑바로 볼 수 없어
다시금 갑판 위로 뛰어올라서
물속에 시선을 잠그고 맥없이 섰자니
달빛에 명경明鏡 같은 현해탄 위에
조선의 얼굴이 떠오른다!
너무나 또렷하게 조선의 얼굴이 떠오른다.
눈 둘 곳 없어 마음 붙일 곳 없어
이슥토록 하늘의 별 수만 세노라.

한강의 달밤

은하수가 흘러 나리는 듯 쏟아지는 달빛이
잉어의 비늘처럼 물결 위에 뛰노는 여름밤에
나와 '보우트'를 같이 탄 세 사람의 여성이 있었다.

으늑한 '포플라' 그늘에 뱃머리를 대고
손길을 마주 잡고서 꿈속같이 사랑을 속삭이려면
달도 부끄럼을 타는 듯 구름 속으로 얼굴을 가렸었다.

물결도 잠자는 백사장에 찍혀진 발자국은
어느 곳에 끝이 나려는 두 줄기 '레일'이던가
몇 번이나 두 몸이 한 덩이로 뭉쳤었던가.

아아 그러나 이제 와 생각하니 모든 것이 꿈이다.
초저녁에 꾸다가 버린 꿈보다도 허무하고
기억조차 저 물결같이 흐르고 말려 한다.

그중에 가장 어여쁘던 패성浿城의 계집아이는
돈 있는 놈에게 속아서 못된 병까지 옮아,
피를 토하다가 청춘을 북망산에 파묻었다.

'당신 아니면 죽겠어요' 하던 또 한 사람은
배맞았던 사나이와 벌어진 틈에 나를 끼워서
얕은꾀로 이용하고는 발꿈치를 돌렸다.

마지막 동혈同穴의 굳은 맹세로 지내오던 목소리 고운 여자는
'집 한 간도 없는 당신과는 살 수 없어요'라고
일전一錢 오리五里 엽서 한 장을 던지더니 남의 첩이 되었다.

그들은 달콤한 것만 핥아 가는 꿀벌과 같이
내 마음의 순진과 정열을 다투어 빨아가고
물안개처럼 내 품에서 감돌다가는 사라지고 말았다.

오늘 밤도 그 강변에 그 물결이 노닐고 그 달이 밝다.
하염없이 좀썰려 꺼풀만 남은 청춘의 그림자를
길로 솟은 '포플라' 그늘이 가로 세로 비질을 할 뿐……

나의 강산이여

높은 곳에 올라 이 땅을 굽어보니
큰 봉우리와 작은 뫼뿌리의 어여쁨이여, 아지랑이 속으로 시선이 녹아드는 곳까지 오똑오똑 솟았다가는 굽이쳐 달리는 그 산 줄기 네 품에 안겨 뒹굴고 싶도록 아름답고나.

소나무 감송감송 목멱木覓의 등어리는
젖 물고 어루만지던 어머니의 허리와 같고 삼각산은 적의 앞에 뽑아든 칼끝처럼 한 번만 찌르면 먹장구름 쏟아질 듯이
아직도 네 기상이 늠름하구나.

에워싼 것이 바다로되 물결이 성내지 않고 샘과 시내로 가늘게 수놓았건만 그 물이 맑고 그 바다 푸르러서,
한 모금 마시면 한 백년이나 수壽를 할 듯 퐁퐁퐁 솟아서는 넘쳐넘쳐 흐르는구나.

할아버지 주무시는 저 산기슭에
할미꽃이 졸고 뻐꾹새는 울어예네
사랑하는 그대여, 당신도 돌아만 가면 저 언덕 위에 편안히 묻어 드리고

그 발치에 나도 누워 깊은 설움 잊으오리다.

바가지 쪽 걸머지고 집 떠난 형제,
거칠은 벌판에 강냉이 이삭을 줍는 자매여,
부디부디 백골이나마 이 흙 속에 돌아와 묻히소서
오오 바라다볼수록 아름다운 나의 강산이여!

어린이날

해마다 어린이날이면 비가 내립니다.
여러분의 행렬에 먼지 일지 말라고
실비 내려 보슬보슬 길바닥을 축여줍니다.
비바람 속에서 자라난 이 땅의 자손들이라,
일 년의 한 번 나들이에도 깃이 젖습니다그려.

여러분은 어머님께서 새 옷감을 매만지실 때 물을 뿜어 주름살 펴는 것을 보셨겠지요?
그것처럼 몇 번만 더 빗발이 뿌리고 지나만 가면 이 강산의 주름살도 비단같이 펴진답니다.
시들은 풀잎만 얼크러진 벌판에도 봄이 오면은
하늘로 뻗어 오르는 파란 싹을 보셨겠지요?
당신네 팔다리에도 그 싹처럼 물이 올라서
지둥 치듯 비바람이 불어도 쓰러지지 말라고 비가 옵니다
높이 든 깃발이 그 비에 젖습니다.

명사십리

시푸른 성낸 파도 백사장에 몸 부딪고
먹장구름 꿈틀거려 바다 우를 짓누르네
동해도 우울한 품이 날만 못지않구나.

풍덩실 몸을 던져 물결과 태껸 하니
조알만한 세상 근심 거품같이 흩어지네,
물가에 가제집 지며 하루해를 보내다.

해당화

해당화 해당화 명사십리 해당화야
한 떨기 홀로 핀 게 가엾어서 꺾었거니
네 어찌 가시로 찔러 앙갚음을 하느뇨.

빨간 피 솟아올라 꽃잎술에 물이 드니
손끝에 핏방울은 내 입에도 꽃이로다
바닷가 흰 모래 속에 토닥토닥 묻었네.

송도원松濤園

뛰어라 창랑滄浪 우에 굴러라 백사장에
여름이 한철이니 기를 펴고 뛰놀아라
'아담'과 '이브'의 후예後裔어니 무슨 설움 있으랴.

물 넘어지는 해에 흰 돛이 번득이고
백구白鷗도 돌아들 제 뭍에 오른 '비너스'
송풍松風에 머리 말리며 파도 소리 듣더라.

거리의 봄

지난겨울 눈 밤에 얼어 죽은 줄 알았던 늙은 거지가
쓰레기통 곁에 살아 앉았네.
허리를 펴며 먼 산을 바라다보는 저 눈초리!
우묵하게 들어간 그 눈동자 속에도
봄이 비치는구나 봄빛이 떠도는구나.

원망스러워도 정든 고토故土에 찾아드는 봄을
한 번이라도 저 눈으로 더 보고 싶어서
무쇠도 얼어붙는, 그 치운 겨울에 이빨을 앙물고 살아왔구나
죽지만 않으면 팔다리 뻗어 볼 시절이 올 것을
점占쳐 아는 늙은 거지여 그대는 이 땅의 선지자로다.

사랑하는 젊은 벗이여,
그대의 눈에 미지근한 눈물을 거두라!
그대의 가슴을 헤치고 헛된 탄식의 뿌리를 뽑아버리라!
늙은 거지도 기를 쓰고 살아왔거늘
그 봄도 우리의 봄도, 눈앞에 오고야 말 것을
아아, 어찌하여 그대들은 믿지 않는가?

3

총석정叢石亭

멀리선 생황笙篁이요 다가보니 빌딩일세
촉촉矗矗 능릉稜稜 온갖 형용 엄청나 못 붙일래
신기타, 조물주의 손장난도 이만하면 관주러라.

벌집같이 모난 돌이 창대처럼 뻗어 올라
창공이 구멍 날 듯 비바람 쏟아질 듯
격랑에 돌부리 꺾어질까 소름 오싹 돋더라.

통곡痛哭 속에서

큰길에 넘치는 백의白衣의 물결 속에서 울음소리 일어난다.
총검이 번득이고 군병軍兵의 말굽소리 소란한 곳에
분격憤激한 무리는 몰리며 짓밟히며
땅에 엎디어 마지막 비명을 지른다.
땅을 뚜드리며 또 하늘을 우러러
외오치는 소리 느껴 우는 소리 구소九霄에 사무친다.

검은 '댕기' 드린 소녀여
눈송이같이 소복 입은 소년이여
그 무엇이 너희의 작은 가슴을
안타깝게도 설움에 떨게 하더냐
그 뉘라서 저다지도 뜨거운 눈물을
어여쁜 너희의 두 눈으로 짜내라 하더냐?

가지마다 신록의 아지랑이가 되어 오르고
종달새 시내를 따르는 즐거운 봄날에
어찌하여 너희는 벌써 기쁨의 노래를 잊어버렸는가?
천진한 너희의 행복마저 차마 어떤 사람이 빼앗아 가던가?

할아버지여! 할머니여!

오직 무덤 속의 안식 밖에 희망이 끊긴 노인네여!
조팝에 주름 잡힌 얼굴은 누르렀고 세고世苦에 등은 굽었거늘
창자를 쥐어짜며 애통하시는 양은 차마 뵙기 어렵소이다.

그치시지요 그만 눈물을 거두시지요
당신네의 쇠잔한 백골이나마 편안히 묻히고자 하던 이 땅은
남의 '호미'가 샅샅이 파헤친 지 이미 오래어늘
지금에 피나게 우신들 한번 간 옛날이
다시 돌아올 줄 아십니까?

해마다 봄마다 새 주인은
인정전仁政殿 '벚꽃' 그늘에 잔치를 베풀고
이화梨花의 휘장徽章은 낡은 수레에 붙어
티끌만 날리는 폐허를 굴러다녀도
일후日後란 뉘 있어 길이 설워나 하랴마는……

오오 쫓겨 가는 무리여
쓰러져 버린 한날 우상 앞에 무릎을 꿇지 말라!

덧없는 인생 죽고야 마는 것이 우리의 숙명이어니
한 사람의 돌아오지 못함을 굳이 설워하지 말라.

그러나 오오 그러나
철천徹天의 한을 품은 청상靑孀의 설움이로되
이웃집 제단조차 무너져 하소연할 곳 없으니
목매쳐 울고저 하나 눈물마저 말라붙은
억색抑塞한 가슴을 이 한날에 뚜드리며 울자!
이마로 흙을 비비며 눈으로 피를 뿜으며—

독백

사랑하는 벗이여,
슬픈 빛 감추기란 매 맞기보다도 어렵소이다.
온갖 설움을 꿀꺽꿀꺽 참아 넘기고
낮에는 히히 허허 실없는 체 하건만
쥐죽은 듯한 깊은 밤은 사나이의 통곡장이외다.

사랑하는 벗이여,
분한 일 참기란 생목숨 끊기보다도 힘드오이다.
적癪덩이처럼 치밀어 오르는 가슴의 불길을
분화구와 같이 하늘로 뿜어내지도 못하고
청춘의 염통을 '알콜'에나 젓 담그려는
이놈의 등어리에 채찍이라도 얹어 주소서.

사랑하는 그대여,
조상에게 그저 받은 뼈와 살이어늘
남은 것이라고는 벌거벗은 알몸뿐이어늘
그것이 아까와 놈들 앞에 절하고 무릎을 꿇는 나는 '샤일록'보다도 더 인색한 놈이외다.
쌀 삶은 것 먹을 줄 아니 그 이름이 사람이외다.

생명의 한 토막

내가 음악가가 된다면
가느다란 줄이나 뜯는
제금가提琴家는 아니 되려오.
Higth C 까지나 목청을 끌어 올리는
'카루소' 같은 성악가가 되거나
'샬랴핀'만치나 우렁찬 '베이스'로,
내 설움과 우리의 설움을 버무려
목구멍에 피를 끓이며 영탄詠嘆 노래를 부르고 싶소.

창자 끝이 묻어나오도록 성량껏 내뽑다가
설움이 복받쳐 몸 둘 곳이 없으면
몇만 청중 앞에서 거꾸러져도 좋겠소.

내가 화가가 된다면
'피아드리'처럼 고리삭고
'밀레'처럼 유한悠閑한 그림은 마음이 간지러워서 못 그리겠소.
뭉툭하고 굵다란 선이 살아서
구름 속 용같이 꿈틀거리는
'반 고호'의 필력을 빌어

나와 내 친구의 얼굴을 그리고 싶소.

꺼멓고 싯붉은 원색만 써서
우리의 사는 꼴을 그려 보아도,
대대손손이 전하여 보여주고 싶지는 않소.
그 그림은 한칼로 찢어버리기를 바라는 까닭에……

무엇이 되든지 내 생명의 한 토막을
짧고 굵다랗게 태워 버리고 싶소!

너에게 무엇을 주랴

너에게 무엇을 주랴
맥脈이 각각으로 끊어지고
마지막 숨을 가쁘게 들이모는
사랑하는 너에게 무엇을 주랴

눈물도 소매를 쥐어짜도록 흘려 보았다.
한숨도 땅이 꺼지도록 쉬어 보았다.
그래도 네 숨소리는 더욱 가늘어만 가고
시방은 신음하는 소리도 들리지 않는다.

눈물도 한숨도 소용이 없다.
'죽음'이란 엄숙한 사실 앞에는
경經 읽거나 무꾸리하는 것과 다름이 없다.
그러나 당장에 숨이 끊어지는 너를
손끝 맺고 들여다보고만 있을 수도 없는 노릇이다.
너에게 딸린 생명이 하나요 둘도 아닌 것을……

오직 한 가지 길이 남았을 뿐이다.
손가락을 깨물어 따끈한 피를
그 입속에 방울방울 떨어뜨리자!

우리는 반드시 소생한 것을 굳게 믿는다.
마지막으로 붉은 정성을 다하여
산 제물로 우리의 몸을 너에게 바칠 뿐이다!

조선은 술을 먹인다

조선은 마음 약한 젊은 사람에게 술을 먹인다.
입을 벌리고 독한 술잔으로 들이붓는다.

그네들의 마음은 화장터의 새벽과 같이 쓸쓸하고
그네들의 생활은 해수욕장의 가을처럼 공허하여
그 마음 그 생활에서 순간이라도 떠나고자 술을 마신다.
아편 대신으로 죽음 대신으로 '알콜'을 삼킨다.

가는 곳마다 양조장이요 골목마다 색주가다
'카페'의 의자를 부수고 술잔을 깨뜨리는 사나이가
피를 아끼지 않는 조선의 '테러리스트'요,
파출소 문 앞에 오줌을 갈기는 주정꾼이
이 땅의 가장 용감한 반역아란 말이냐?
그렇다면 전한목電桿木을 붙잡고 통곡하는 친구는
이 바닥의 비분을 독차지한 지사志士로구나.

아아 조선은, 마음 약한 젊은 사람에게 술을 먹인다.
뜻이 굳지 못한 청춘들의 골(腦)을 녹이려 한다.
생재목生材木에 알콜을 끼얹어 태워버리려 한다.

가배절嘉俳節

팔이 곱지 않았으니 더덩실 춤을 못 추며
다리 못 펴 병신 아니니 가로세로 뛰진들 못 하랴
벼 이삭은 고개 숙여 벌판에 금물결이 일고
달빛은 초가집 용마루를 어루만지는 이 밤에—

뒷동산에 솔잎 따서 송편을 찌고
아랫목에 신청주新淸酒 익어선 밥풀이 동동
내 고향의 추석도 그 옛날엔 풍성했다네
비렁뱅이도 한가위엔 배를 두드렸다네.

기쁨에 넘쳐 동네방네 모여드는 그날이 오면 기저귀로 고깔 쓰고 무둥 서지 않으리
쓰레받기로 꽹과리 치며 미쳐나지 않으리
오오 명절이 그립구나! 단 하루의 경절慶節이 가지고 싶구나!

조선의 자매여

— 홍洪, 김金 두 여성의 변사를 보고

나는 그대들의 죽음이 너무나 참혹하여 눈물지었노라.
그대들의 흘린 피가 너무나 값없음을 아끼어 울었노라.
우리는 흙 한 줌 보태기에도 오히려 작은 알몸뿐이다.
강아지에게 던져도 씹지 않을 고깃덩이밖에 남은 것이 없다.
그러나 생선 같은 청춘의 몸을 철로鐵路바탕에 쌍雙으로 던져
20년이나 자라난 사지를 잘리고 뼈를 갈아 버리다니.
그 한 점의 살 한 방울의 피가 그다지 값없는 줄 알았던가.
오 약하고 가엾은 이 땅의 누이들이여,
그대들이 저주한 모든 제도는 본디 사람이 만든 것이다.
사랑도 허무도 마음속에 떠도는 한 조각의 구름장인 걸
무엇을 꺼리어 주순朱脣을 열어 부르짖지도 못하고
가냘픈 손에나마 반역의 깃대를 들지 못했는가.
'청천백일靑天白日' 밑에 팔을 뽐내는 이웃 나라의 여성을 보라.

사랑에 침취하여 쥐 잡는 약을 사람이 삼키고
인생이 허무ㅎ다 하여 헛되이 생명을 태질치던 것은
이미 세기가 몇 번이나 바뀌인 옛날의 비극이다.

우리에게서 청산된 지 오래된 소극消極의 감정이다.
가엾다! 그대들은 언제까지나 그 잔혹을 마시며
생목숨 끊는 것으로 유일한 자유를 삼으려는가
어버이와 형제의 은혜를 자멸로써 갚으려 하는가
젊고 아름다운 이 땅의 여성이여,
지금은 봄이다! 4월의 태양이 구르는 폐허 우에
기를 펴고 우리와 함께 달음질할 준비를 하자!
개천 바닥에 콸콸콸 얼음장 뚫는 목소리 들리나니
한 방울의 피라도 혈관 밖으로 쏟아 버리지 말라.
가슴 속에는 정의에 불붙는 새빨간 염통이 방아를 찧거늘
그 소중한 염통을 양잿물로 썩히거나 철로바탕에 버리지 말라.
나의 사랑하는 조선의 자매여!

고향은 그리워도

나는 내 고향을 가지를 않소.
쫓겨난 지가 10년이나 되건만
한 번도 발을 들여 놓지 않았소,
멀기나 한가, 고개 하나 넘어연만
오라는 사람도 없거니와 무얼 보러 가겠소?

개나리 울타리에 꽃 피던 뒷동산은
허리가 잘려 문화주택이 서고
사당 헐린 자리엔 신사神社가 들어앉았다니,
전하는 말만 들어도 기가 막히는데
내 발로 걸어가서 눈꼴이 틀려 어찌 보겠소?

나는 영영 가지를 않으려오.
오대五代나 내려오며 살던 내 고장이언만
비렁뱅이처럼 찾아가지는 않으려오
후원後苑의 은행나무나 부둥켜안고
눈물을 지으려고 기어든단 말이요?

어느 누구를 만나려고 내가 가겠소?
잔뼈가 굵도록 정이 든 그 산과 그 들을

무슨, 낯짝을 쳐들고 보드란 말이요?
번잡하던 식구는 거미같이 흩어졌는데
누가 내 손목을 잡고 옛날이야기나 해 줄 성싶소?

무얼 하려고 내가 그 땅을 다시 밟겠소?
손수 가꾸던 화단 아래 턱이나 고이고 앉아서
지나간 꿈의 자취나 더듬어 보라는 말이요?
추억의 날개나마 마음대로 펼치는 것을
그 날개마저 찢기며 어찌하겠소?

이대로 죽으면 죽었지 가지 않겠소
빈손 들고 터벌터벌 그 고개는 넘지 않겠소
그 산과 그들이 내닫듯이 반기고
우리 집 디딤돌에 내 신을 다시 벗기 전엔
목을 매어 끌어도 내 고향엔 가지 않겠소.

4

소야락小夜樂

달빛같이 창백한 각광脚光을 받으며
흰 구름장 같은 ‘드레스’를 가벼이 끌면서
처음으로 그는 ‘세레나아데’를 추었다.

‘차이코프스키’의 애달픈 ‘멜로디’에 맞춰
사뿟사뿟 떼어 놓은 길고 희멀건 다리는
무대를 바다 삼아 물 생선처럼 뛰었다.

그 ‘멜로디’가 고대로 귀에 젖어 있다.
두 손을 젖가슴에 얹고 끝마칠 때의 ‘포오즈’가
대리석의 조각인 듯 지금도 내 눈 속에 새긴 채 있다.

그때까지 그는 참으로 깨끗한 소녀였다.
돈과 명예와 사나이를 모르는 귀여운 처녀였다
나의 청춘의 반을 가져간 사랑하는 사람이었다.

추야장秋夜長

귀뚜라미는 문지방을 쪼아 내고
뭇 벌레 덩달아 밤을 써는데
눈감고 책상머리에 앉았으려면
내 마음은 가볍고 무서운 생각에 눌려,
깊이 모를 바다 속으로 가라앉는다
백 길 천 길 한정 없이 가라앉는다.

그 물속에서 가만히 눈을 뜨면
작은 걱정은 송사리 떼처럼 모여들어
머리를 마주 모았다가는 흩어지고
큰 근심은 낙지발 같은 흡반으로
온몸을 칭칭 감고 떨어질 줄 모른다.
나는 그 근심을 떼치려고 몸을 뒤튼다.

그럴 때마다 내 눈앞에 반짝 뜨이는 것이 있다.
그것은 불꽃같이 새빨간 산호다.
파아란 해초 속에서 불이 붙는 산호 가지는
내 가슴에 둘도 없는 귀여운 패물이다.
가지마다 새로운 정열을 부채질하는
꺼지지 않는 사랑의 조그만 표상이다.

바닷속은 캄캄하고 차디찬 물결이 흘러도
그 산호 가지만 움켜쥐고 놓치지 않으면
무서울 것이 없다, 괴로울 것이 없다.
불타는 사랑과 뜨거운 정열로
이 몸을 태우는 동안에는 온갖 세상 근심이
고기밥이 된다, 거품처럼 흩어지고 만다.

귀뚜라미야 밤을 새워가며 울거나 말거나
바람이야 삭장귀에 몸을 매달거나 말거나
나는 잠자코 내 가슴의 보배를 어루만진다.
밝을 줄 모르는 가을밤, 깊이 모르는 바다 속에서
눈을 감고 그 산호 가지를 어루만진다.

그의 가슴에 뿜고 말았다.
손을 잡고 사랑을 하소연하였다.
그러나 그는 다소곳이
고개를 숙이며 말이 없었다.
능금같이 빨간 얼굴을
내 가슴에 파묻은 채……

그의 작은 가슴은
비 맞은 참새처럼 떨리고
그의 순진한 마음은
때아닌 파도에 쓰러지는
해초와 같이 흔들렸을 것이다.
햇발이 우리의 발치를 지난 뒤에야
그는 조심스러이 입을 열었다.
내가 좀 더 자라거든요
인제 세상을 알게 되거든요

나는 입을 다문 채
무안에 취해서 얼굴을 붉혔다.
깨끗한 눈 위에다가

모닥불을 끼얹어준 것 같아서……
가냘픈 꽃가지를 꺾은 것처럼
무슨 큰 죄나 저질른 듯하여서……
말없이 일어서 지향 없이 거닐었다.
쓸쓸한 황혼의 무사시노를—

첫눈

눈이 내립니다, 첫눈이 내립니다.
삼승버선 엎어 신고 사뿟사뿟 내려앉습니다.
논과 들과 초가집 용마루 위에
배꽃처럼 흩어져 송이송이 내려앉습니다.

조각조각 흩날리는 눈의 날개는
내 마음을 고이고이 덮어 줍니다.
소복 입은 아가씨처럼 치맛자락 벌리고
구석구석 자리를 펴고 들어앉습니다.

그 눈이 녹습니다. 녹아내립니다.
남몰래 짓는 눈물이 속으로 흘러들 듯
내 마음이 뜨거워 그 눈이 녹습니다.
추녀 끝에, 내 가슴 속에 줄줄이 흘러내립니다.

눈 밤

소리 없이 내리는 눈, 한 치, 두 치 마당 가득 쌓이는 밤엔

생각이 길어서 한 자외다, 한 길이외다.

편편이 흩날리는 저 눈송이처럼

편지나 써서 온 세상에 뿌렸으면 합니다.

토막생각

— 생활시

날마다 불러 가는 아내의 배,
낳은 날부터 돈 들 것 꼽아 보다가
손가락 못 편 채로 잠이 들었네.

뱃속에 꼬물거리는 조그만 생명
'네 대에나 기를 펴고 잘 살아라!'
한 마디 축복밖에 선사할 게 없구나.

'아버지' 소리를 내 어찌 들으리
나이 30에 해 논 것 없고
물려줄 것이라곤 '센징鮮人'밖에 없구나.

급사의 봉투 속이 부럽던
월급날도 다시는 안 올 성싶다
그나마 실직하고 스무 닷새 날.

전등 끊어 가던 날 밤 촛불 밑에서
나 어린 아내 눈물지며 하는 말
'시골 가 삽시다, 두더지처럼 흙이나 파먹게요.'

오관五官으로 스며드는 봄
가을바람인 듯 몸서리쳐진다.
조선 팔도 어느 구석에 봄이 왔느냐.

불 꺼진 화로 헤집어
담배 꼬토리를 찾아내듯이
식어버린 정열을 더듬어 보는 봄 저녁.

옥중에 처자 잃고
길거리로 미쳐난 머리 긴 친구
밤마다 백화점 기웃거리며 휘파람 부네.

선술 한잔 내라는 걸
주머니 뒤집어 털어 보이고
돌아서니 '카페'의 붉고 푸른 불.

그만하면 신경도 죽었으련만
알뜰한 신문만 펴들면
불끈불끈 주먹이 쥐어지네.

몇백 년이나 묵어 구멍 뚫린 고목에도
가지마다 파릇파릇 새엄이 돋네
뿌리마저 썩지 않은 줄이야 파 보지 않은들 모르리.

무사시노(武臧野)에서

초겨울의 무사시노는
몹시도 쓸쓸하였다.
석양은 잡목림 삭장귀에
오렌지빛의 낙조를 던지고
쌀쌀바람은 등어리에
우수수 낙엽을 끼얹는데
나는 그와 어깨를 겯고
마른 풀을 밟으며 거닐었다.

두 사람의 시선은 아득히
고향의 하늘을 더듬으며
'소프라노'와 '바리톤'은
나직이 망향의 노래를 불렀다.
내 손등에 떨어진 한 방울의
따끈한 그의 눈물은
여린 정에 아름다운 결정結晶이매
차마 씻지를 못했었다.

이윽고 나는 참다못하여
끓어오르는 마음을

어린것에게

고요한 밤 너의 자는 얼굴을 무심코 들여다볼 때,
새근새근 쉬는 네 숨소리에 귀를 기울일 때,
아비의 마음은 해면처럼 사랑에 붇(潤)는다.
사랑에 겨워 고사리 같은 네 손을 가만히 쥐어도 본다.

이 손으로 너는 장차 무엇을 하려느냐
네가 씩씩하게 자라나면 무슨 일을 하려느냐,
붓대는 잡지 마라, 행여 붓대만은 잡지 말아라
죽기 전 아비의 유언이다 호미를 쥐어라! 쇠망치를 잡아라!

실눈을 뜨고 엄마의 젖가슴에 달라붙어서
배냇짓으로 젖 빠는 흉내를 내는 너의 얼굴은
평화의 보드라운 날개가 고이고이 쓰다듬고
잠의 신은 네 눈에 들락날락하는구나.

내가 너를 왜 낳아 놓았는지 나도 모른다.
네가 이 알뜰한 세상에 왜 태어났는지 너도 모르리라
그러나 네가 땅에 떨어지자 으아 소리를 우렁차게 지를 때
나는 들었다. 그 뜻을 알았다. 억세인 삶의 소리인 것을

— 이하 12행 약 —

조선 사람의 피를 백대百代나 천대千代나 이어 줄 너이길래
팔다리를 자근자근 깨물고 싶도록 네가 귀엽다.
내가 이루지 못한 소원을 이루고야 말 우리 집의 업둥이길래
남달리 네가 귀엽다, 꼴딱 삼키고 싶도록 네가 귀여운 것이다.

모든 무거운 짐을 요 어린것의 어깨에만 지울 것이랴
온갖 희망을 염체 네게다만 붙이고야 어찌 살겠느냐
그러나 너와 같은 앞날의 일꾼들이 무럭무럭 자라는 생각을 하니
마음이 든든하구나 우리의 뿌리가 열 길 스무 길이나 박혀 있구나.

그믐밤에 반딧불처럼 저 하늘의 별들처럼
반득여라 빛나거라 가는 곳마다 횃불을 들어라
우리 아기 착한 아기 어서어서 저 주먹에 힘이 올라라
오오 우리의 강산은 온통 꽃밭이 아니냐? 별투성이가 아니냐!

태양의 임종

나는 너를 겨누고 눈을 흘긴다.
아침과 저녁, 너의 그림자가 사라질 때까지
'태양이여, 네게는 운명할 때가 돌아오지 않은가' 하고.

억만 년이나 꾸준히 우주를 밭 갈고 있는
무서운 힘과 의지를 가지고도 너는 눈이 멀었다.

사람은 뒷간 속에 '구데기'만도 못한 대접을 받고
정의의 심장은 미친개의 이빨에 물려 뜯기되
못 본 체하고 세기와 세기를 밟고 지나가는 너의 발자취!

너는 몇 억만 촉광의
엄청난 빛을 무심한 공간에 발사하면서
백주에 캄캄한 지옥 속에서 울부짖는 무리에게는
반딧불만한 편광片光조차 아끼는 인색한 놈이다.

네 얼굴에 여드름이 돋으면 지각地殼에 화산이 터지고
네 한 번 진노하면 문명을 자랑하던 도시도
하루아침에 핥아 버리는 몇만 도의
잠열潛熱을 지배하는 위력을 땅속에 감추어 두고도

한 자루의 총칼을 녹일 만한 작은 힘조차
우리 젊은 사람에게 빌려 주고자 하지 않는다.

해여, 태양이여!
대륙에 매어달린 조그만 이 반도가
네 눈에는 쓸데없는 맹장盲腸과 같이 보이는가?
우주를 창조하신 하나님도
이다지도 이다지도 짓밟혀만 살라고
악착한 운명의 부작符爵을 붙여서
우리의 시조부터 흙으로 빚었더란 말이냐?

오오 위대한 항성恒星이여
일 분 동안만 네 궤도를 미끄러져
한 걸음만 가까이 지구로 다가오라!
그러면 우리는 모조리 타 죽고나 말리라.
그도 못 하겠거든 한 걸음 뒤로 물러서라……
북극의 흰 곰들이나 우리의 시체 위에서
즐거이 뛰놀며 자유롭게 살리라.

나는 너를 겨누고 눈을 흘긴다.
아침과 저녁 네가 지평선을 넘은 뒤까지도
'차라리 너의 임종 때가 돌아오지나 않는가. 하고…….

동우冬雨

저 비가 줄기줄기 눈물일진대
세어 보면 천만 줄기나 되엄즉허이,
단 한 줄기 내 눈물엔 베개만 젖지만
그 많은 눈물 비엔 사태가 나지 않으랴.
남산인들 삼각산인들 허물어지지 않으랴.

야반에 기적 소리!
고기에 주린 맹수의 으르렁대는 소리냐
우리네 젊은 사람의 울분을 뿜어내는 소리냐
저력 있는 그 소리에 주춧돌이 움직이니
구들장 밑에서 지진이나 터지지 않으려는가?

하늘과 땅이 맞붙어서 맷돌질이나 하기를
빌고 바라는 마음 간절하건만
단 한 길 솟지도 못하는 가엾은 이 몸이여
달리다 뛰면 바단들 못 건너리만
걸음발 타는 동안에 그 비가 너무나 차구나!

5

겨울밤에 내리는 비

뒤숭숭한 이상스러운 꿈에
어렴풋이 잠이 깨어
힘없이 눈을 뜬 채 늘어져
창밖의 밤비 소리를 듣고 있다.

음습한 바람은 방안을 휘돌고
개는 짖어 컴컴한 성안을 울릴 제
철 아닌 겨울밤에 내리는 비!
나의 마음은 눈물 비에 고요히 젖는다.

이 팔로 향기로운 애인의 머리를 안고
여름밤 섬돌에 듣는 낙수의 '피아노'
즐거운 속살거림에 첫닭이 울던
그윽하던 그 밤은 벌써 옛날이어라.

오 사랑하는 나의 벗이여!
꿈에라도 좋으니 잠깐만 다녀가소서
찬비는 객창에 부딪히는데 긴긴 이 밤을
아, 나 홀로 어찌나 밝히잔 말이냐.

광란의 꿈

불어라, 불어!
하늘 꼭대기에서
내리 잘리는 하늬바람,
땅덩이 복판에 자루를 박고
모든 것을 휩싸서 핑핑 돌려라.
머릿속에 맷돌이 돌듯이
세상은 마지막이다, 불어오너라.

쏟아져라, 쏟아져!
바다가 거꾸로 흐르듯
폭포수 같은 굵은 빗발이
쉴 새 없이 기울여 쏟아져서
사람의 새끼가 짓밟은
땅 위의 모든 것을
부신 듯이 씻어버려라!

번갯불이 번쩍
으지끈 뚜욱 따악
벼락 불똥이 튀어
뾰족집을 후려갈기고

우상, 동상을 자빠뜨리고
선정비, 송덕비, 영세불망비,
닥치는 대로 깨뜨려서
모든 거룩하다는 것 위에
벼락불의 세례를 내려라.

지진이다, 지진, 대지진이다!
나무뿌리가 하늘로 솟고
바윗덩이가 굴러 내린다.
지심에서 불덩이가 치솟아 올라
지구는 두 쪽에 갈라지고
모든 것은 가꾸로 섰다, 뒤집혀졌다.

불이야, 불이야!
분 바른 계집의 얼굴을 끄스르고
'당신을 사랑합니다' 하는
조동아리를 지져 놓아라!
길로 쌓인 인류의 역사를
첫 '페이지'부터 살라 버리고
천만 권 거짓말의 기록을

모조리 깡그리 태워 버려라.

우루루, 우르르!
집채가 넘어가고 산이 무너진다.
십육억의 사람의 씨알들이
악마구리 끓듯 한다, 아우성을 친다.
사람은 이빨을 갈며
사람의 고기를 물어뜯고
뼈다귀를 다투어 깨무는
주린 짐승의 으르렁거리는 소리!
해골을 쪼아 먹는 까마귀의 떼울음!

불길이 훨훨 날으며
온 지구를 둘러쌌다.
새빨간 혀끝이 하늘을 핥는다.
모든 것은 죽어 버렸다.
영원히 영원히 죽어버렸다,
명예도, 욕망도, 권력도, 야만도, 문명도…….

바람 소리 빗소리!

해가 떨어지고 별은 흩어지며
땅이 울고 바다가 끓는다.
모든 것은 원소로 돌아가고
남은 것이란 희멀건 공간뿐이다,
오오 이제까지의 인류는 멸망하였다!
오오 오늘까지의 우주는 개벽하고 말았다!

마음의 낙인烙印

마음 한복판에 속 깊이 찍혀진 낙인烙印을
몇 줄기 더운 눈물로 지어보려 하는가,
칼끝으로 도려낸들 하나도 아닌 상처가 가시어질 것인가,
죽음은 홍소哄笑한다. 머리맡에 쭈그리고 앉아서…….

자살한 사람의 시집을 어루만지다 밤은 깊어서
추녀 끝의 풍경 소리, 내 상여 머리에 요령이 흔들리는 듯.
혼백은 시꺼먼 바닷속에 잠겨 자맥질하고
허무히 그림자 악어의 입을 벌리고 등어리에 소름을 끼얹는다.

쓰라린 기억을 되풀이하면서 살아가는 앞길은
행복이란 도깨비가 길라잡이 노릇을 한다.
꿈속에 웃다가 울고 울다가 웃는 어릿광대들
개미 떼처럼 뒤를 따라 쳇바퀴를 돌고 도는 걸…….

'캄풀' 주사 한 대로 절맥되는 목숨을 이어 보듯이
젊은이여 연애의 한 찰나에 목을 매달려는가?
혈관을 토막토막 끊으면 불이라도 붙을 성싶어도
불 꺼져 재만 남은 화로를 헤집는 마음이여!

모든 것이 모래밭 위의 소꿉장난이나 아닌 줄 알았더면
앞장을 서서 놈들과 겯고 틀어나 볼 것을
길거리로 달려나가 실컷 분풀이나 할 것을
아아 지금엔 희멀건 허공만이 내 눈앞에 틔어 있을 뿐…….

북경北京의 걸인乞人

— 세기말歲己末 맹동孟冬에 초췌한 행색으로 정양문正陽門 차참에 내리니 걸개乞丐의 떼 에워싸며 한 분分의 동패銅牌를 빌거늘 달리는 황포黃包 차상車上에서 수행數行을 읊다.

나에게 무엇을 비는가?
푸른 옷 입은 인방隣邦의 걸인乞人이여
숨도 크게 못 쉬고 쫓겨 오는 내 행색을 보라,
선불 맞은 어린 짐승이 광야를 헤매는 꼴 같지 않으냐.

정양문正陽門 문루 위에 아침 햇발을 받아
펄펄 날리는 오색기를 치어다보라.
네 몸은 비록 헐벗고 굶주렸어도
저 깃발 그늘에서 자라나지 않았는가?

거리거리 병영의 유량한 나팔 소리!
내 평생엔 한 번도 못 들어 보던 소리로구나
'호동胡同*' 속에서 채상菜商의 외치는 굵다란 목청
너희는 마음껏 소리 질러 보고 살아왔구나.

저 깃발은 바랬어도 대중화大中華의 자랑이 남고
너희 동족은 늙었어도 '잠든 사자'의 위엄이 떨치거니
저다지도 허리를 굽혀 구구히 무엇을 비는고
천 년이나 만 년이나 따로 살아온 백성이어늘…….

때 묻은 너희 남루襤褸와 바꾸어 준다면
눈물에 젖은 단거리 주의周衣라도 벗어 주지 않으랴
마디마디 사무친 원한을 나눠 준다면
살이라도 저며서 길바닥에 뿌려 주지 않으랴
오오 푸른 옷 입은 북국北國의 걸인이여!

*) 호동胡同 : 골목.

상해上海의 밤

우중충한 농당弄堂* 속으로
훈둔* 장사 모여들어 딱딱이 칠 때면
두 어깨 웅숭그린 연놈의 떠드는 세상
집집마다 마작판 두드리는 소리에
아편에 취한 듯 상해上海의 밤은 깊어가네.

발 벗은 소녀, 눈먼 늙은이를 이끌며
구슬픈 호궁胡弓에 맞춰 부르는 맹강녀孟姜女 노래
애처롭구나 객창에 그 소리 창자를 끊네.

사마로四馬路 오마로五馬路 골목 골목엔
'이래양듸', '량쾌양듸' 인육人肉의 저자
침의寢衣 바람으로 숨바꼭질하는 야아지*의 콧잔등이엔
매독이 우글우글 악취를 풍기네

집 떠난 젊은이들은 노주老酒잔을 기울여
건잡을 길 없는 향수에 한숨이 길고
취하고 취하여 뼛속까지 취하여서는
팔을 뽑아 장검인 듯 내두르다가
채관菜館 '소파'에 쓰러지며 통곡을 하네.

어제도 오늘도 산란한 혁명의 꿈자리!
용솟음치는 붉은 피 뿌릴 곳을 찾는
'까오리*' 망명객의 심사를 뉘라서 알고
영희원影戲院의 '산데리아'만 눈물에 젖네.

*) 농당 : 세주는 집.
*) 훈둔 : 조그만 만두 속 같은 것을 빚어 넣은 국.
*) 야아지 : 밤거리 여인 중에도 제일 낮은 축들.
*) 까오리 : 고려高麗.

고려사高麗寺*

운연雲烟이 잦아든 골에 독경 소리 그윽ㅎ고나

예 와서 고려 태자 무슨 도를 닦았던고

그래서 내 집인 양하여 두 번 세 번 찾았네.

*) 고려사 : 호수湖水의 남단南端에 고려태자가 세웠다는 낡은 자그마한 암자.

기적汽笛

깊은 밤, 캄캄한 하늘에
길게 우는 저 기적 소리
어디로서 오는 차인지,
그는 몰라도
만나서 웃거나 보내고 울거나
나는 몰라도
간신히 얻은 고운 임의 꿈을
행여 깨우지나 말아라.

고루鼓樓의 삼경三更

눈이 쌓이고 쌓여
객창을 길로 덮고
몽고바람 씽씽 불어
왈각달각 잠 못 드는데
북이 운다 종이 운다.
대륙의 도시, 북경의 겨울밤에—

화로에 '메틸煤炭'도 꺼지고
벽에는 성애가 슬어
얼음장 같은 '촹*' 우에
새우처럼 오그린 몸이
북소리 종소리에 부들부들 떨린다.
지구의 맨 밑바닥에 동그마니 앉은 듯
마음조차 고독에 덜덜덜 떨린다.

거리에 땡그렁 소리도 들리지 않으니
호콩 장사도 인제는 얼어 죽었나 보다.
입술을 꼭꼭 깨물고 이 한밤을 새우면
집에서 편지나 올까? 돈이나 올까?

'만터우*' 한 조각 얻어먹고 긴 밤을 떠는데
고루鼓樓에 북이 운다 종이 운다.

*) 촹 : 나무 침상.
*) 만터우 : 밀가루 떡.

오오, 조선의 남아여

— 백림마라톤에 우승한 손, 남 양군에게

그대들의 첩보捷報를 전하는 호외 뒷등에
붓을 달리는 이 손은 형용 못할 감격에 떨린다!
이역의 하늘 아래서 그대들의 심장 속에 용솟음치던 피가
이천삼백 만의 한 사람인 내 혈관 속을 달리기 때문이다.

'이겼다'는 소리를 들어보지 못한 우리의 고막은
깊은 밤 전승의 방울 소리에 터질 듯 찢어질 듯.
침울한 어둠 속에 짓눌렸던 고토의 하늘도
올림픽 거화炬火를 켜든 것처럼 화닥닥 밝으려 하는구나!

오늘 밤 그대들은 꿈속에서 조국의 전승을 전하고자
마라톤 험한 길을 달리다가 절명한 아테네의 병사를 만나 보리라.
그보다도 더 용감하였던 선조들의 정령이 가호加護하였음에
두 용사 서로 껴안고 느껴느껴 울었으리라.

오오, 나는 웨치고 싶다! 마이크를 쥐고
전 세계의 인류를 향해서 웨치고 싶다!

“인제도 인제도 너희들은 우리를
약한 족속이라고 부를 터이냐!”

— 1936. 8. 10. 신문 호외 이면에 쓴 절필.

필경

우리의 붓끝은 날마다 흰 종이 우를 갈(耕)며 나간다.
한 자루의 붓 그것은 우리의 쟁기요, 유일한 연장이다.
거칠은 산기슭에 한 이랑의 화전을 일려면
돌부리와 나무 등걸에 호미 끝이 부러지듯이
아아 우리의 꿋꿋한 붓대가 몇 번이나 꺾였었던고?

그러나 파랗고 빨간 '잉크'는 정맥과 동맥의 피
최후의 일적一滴까지 종이 우에 그 피를 뿌릴 뿐이다.
비바람이 험궂다고 역사의 바퀴가 역전逆轉할 것인가
마지막 심판날을 기약하는 우리의 정성이 굽힐 것인가
동지여 우리는 퇴각을 모르는 전위의 투사다.

'박탈', '아사', '음독', '자살'의 경과보고가 우리의 밥벌이냐
'아연활동俄然活動', '검거', '송국', '판결언도', '오년', '십년'의
스코어를 적은 것이 허구한 날의 직책이란 말이냐
창 끝 같이 철필촉을 베려 모든 암흑면을 파헤치자
샅샅이 파헤쳐 온갖 죄악을 백주에 폭로하자

스위치를 젖혔느냐 윤전기가 돌아가느냐
깊은 밤 맹수의 포효와 같은 굉음과 함께
한 시간에도 몇만 장이나 박아 돌리는 활자의 위력은,
민중의 맥박을 이어 주는 우리의 혈압이다.
오오 붓을 잡은 자여 위대한 심장의 파수병이여!

방학정放鶴亭

방학정 주난간朱欄杆에 하루 종일 기다려도

구름만 오락가락 학은 아니 돌아오고

임처사林處士 무덤 곁에는 늙은 매화 수절ㅎ더라

*) 매화를 아내 삼고 학을 아들삼아, 종생終生을 은거했다는 임포林逋의 무덤이 고산孤山에 있다.

심 훈 연 보

1901(1세) 10월 23일 경기 시흥군 북면 노량진리, 현재의 서울 노량진동에서 부 심상정沈相珽과 모 윤씨尹氏의 3남 1녀 중 막내로 출생. 본명은 대섭大燮, 본관은 청송青松 심씨. 아호는 해풍.

1915(15세) 서울 교동보통학교를 졸업. 경성 제일고등보통학교 입학.

1917(17세) 왕족 이해승의 누이 전주 이씨(후일 심훈이 해영海暎이란 이름을 지어 줌)와 결혼.

1919(19세) 경성제일고보 4학년 재학 당시 3.1운동에 가담. 3월 5일 체포되어 투옥됨. 7월에 형집행정지로 석방. 이 사건으로 학교에서 퇴학.

1920(20세) 문학수업의 뜻을 세우고 친구인 이희승에게 한글 맞춤법 공부. 심훈의 유명한 로이드 안경은 이 때부터 쓰기 시작함.

1921(21세) 중국 유학을 떠남. 상해, 남경 등을 거쳐 항주의 지강대학에 입학. 당시 중국에 있으면서, 집안 어른들께 간청해 부인 이씨를 서울 진명進明학교에 넣게 함. 이 때 부인의 이름을 심훈이 작명했다 함.

1923(23세) 중국에서 귀국. 최승일, 안석주, 임남산, 김영팔 등과 함께 신극 연구 단체였던 극문회劇文會를 조직.

1924(24세) 동아일보 기자로 입사. 윤극영이 조직한 <따리아회소녀합창단>에 출입하며 동 후원회원으로 홍보 일을 맡아했음, 후에 재혼한 안정옥이 회원이었음.
아내 이해영과 이혼. 이해영은 재가하지 않고 심훈을 정신적인 남편으로 생각하며 서울 돈암동에서 여생을 보내다 1971년 사망.

1925(25세) '장한몽'이란 영화의 주역인 이수일 역의 후반부를 대역함.

1926(26세) <철필구락부사건>으로 동아일보 퇴직. 영화소설 「탈춤」을 동아일보에 연재. 훈薰이란 필명도 이때부터 쓰기 시작함.

1927(27세) 일본 영화를 공부하러 갔다가 6개월 만에 귀국. <먼동이 틀 때>를 감독, 주연 개봉. 조선일보 기자 입사.

1930(30세) 장편소설 「동방의 애인」을 동아일보에 연재하려다 일제의 검열로 중단. 시 「그날이 오면」 발표. 안정옥과 재혼, 세 아들-장남 재건(1932), 차남 재광(1934), 3남 재호(1936)를 둠. 안정옥은 심훈이 사망하자 재가 후 미국에서 여생을 보냄.

1931(31세) 조선일보사 사퇴. 평론 「우리 민중은 어떠한 영화를 요구하는가」 발표.

1932(32세) 시집 『그날이 오면』 일제의 검열로 출간 보류. 충남 당진 부곡리로 낙향. 소설 「봄의 서곡」 탈고.

1933(33세) <영원의 미소>란 제목으로 「봄의 서곡」을 고쳐서 조선중앙일보에 연재. 조선중앙일보 학예부장으로 입사.

1934(34세) 장편소설 「직녀성」을 한 달 만에 탈고. 조선중앙일보 연재 시작. 첫 부인 이해영을 모델로 한 작품임.

1935(35세) 「영원의 미소」가 발간됨. 심훈의 최초의 단행본임. 장편소설 「상록수」, 동아일보 창간 15주년 기념 현상 공모에 당선 연재. 삽화-청전青田 이상범.

1936(36세) 단편 「황공黃公의 최후」 발표. <상록수> 영화 제작 일제의 방해로 실패. 한성도서에서 『상록수』 단행본으로 발간.
장티푸스로 대학병원에서 치료 중 9월 16일 36세를 일기로 사망. 시신은 화장, 경기도 용인군 수지면 신봉리에 안장.

1949년 『그날이 오면』 시집 한성도서 출간. 유작 시遺作詩 「광란의 꿈」 동아일보 발표.

1951년 『심훈 전집 전7권』 한성도서 출간.

〚한국대표명시선100〛을 펴내며

한국 현대시 100년의 금자탑은 장엄하다. 오랜 역사와 더불어 꽃피워온 얼 · 말 · 글의 새벽을 열었고 외세의 침략으로 역경과 수난 속에서도 모국어의 활화산은 더욱 불길을 뿜어 세계문학 속에 한국시의 참모습을 드러내게 되었다.

이 나라는 글의 나라였고 이 겨레는 시의 겨레였다. 글로 사직을 지키고 시로 살림하며 노래로 산과 물을 감싸왔다. 오늘 높아져 가는 겨레의 위상과 자존의 바탕에도 모국어의 위대한 용암이 들끓고 있음이다.

이제 우리는 이 땅의 시인들이 척박한 시대를 피땀으로 경작해온 풍성한 시의 수확을 먼 미래의 자손들에게까지 누리고 살 양식으로 공급하는 곳간을 여는 일에 나서야 할 때임을 깨닫고 서두르는 것이다.

일찍이 만해는 「님의 침묵」으로 빼앗긴 나라를 되찾고 잃어가는 민족정신을 일으켜 세우는 밑거름으로 삼았으며 그 기룸의 뜻은 높은 뫼로 솟아오르고 너른 바다로 뻗어 나가고 있다.

만해가 시를 최초로 활자화한 것은 옥중시 「무궁화를 심고자」 (<개벽> 27호 1922.9)였다. 만해사상실천선양회는 그 아흔 돌을 맞아 만해의 시정신을 기리는 일의 하나로 '한국대표명시선100'을 펴내게 된 것이다.

이로써 시인들은 더욱 붓을 가다듬어 후세에 길이 남을 명편들을 낳는 일에 나서게 될 것이고, 이 겨레는 이 크나큰 모국어의 축복을 길이 가슴에 새겨나갈 것이다.

만해사상실천선양회

한국대표명시선100 | **심 훈**

그날이 오면

1판1쇄 발행 2012년 12월 21일
1판2쇄 발행 2018년 5월 30일

지 은 이 심 훈
뽑 은 이 만해사상실천선양회
펴 낸 이 이 창 섭
펴 낸 곳 시인생각
등록번호 제2012-000007호(2012.7.6)
주 소 경기도 고양시 일산동구 호수로 688. A-419호
㉾10364
전 화 050-5552-2222
팩 스 (031)812-5121
이 메 일 lkb4000@hanmail.net

값 6,000원

ISBN 978-89-98047-13-9 03810

※ 이 책은 만해사상실천선양회의 지원으로 간행되었습니다.